AF319811

PORTRAIT

DU SOLITAIRE
DES ARDENNES,

PRÉCÉDÉ

D'UN ENTRETIEN AVEC SES FLEURS,

Et d'un détail de fa vie champêtre.

Parve, nec invideo, fine me liber ibis in urbem.

Triftes d'Ovide.

AUX ARDENNES.

1789.

ÉPITRE

A MADAME La D. G. D. F.

MADAME,

ENtraîné par la reconnaissance, j'ai essayé, dans ma solitude, de faire votre portrait, afin d'avoir sans cesse devant mes yeux l'image de ma Bienfaitrice & de celle des malheureux : je prétendois le faire connoître à toute l'Europe. L'ouvrage étoit déjà commencé : mais la réflexion, ce présent si beau que la Divinité a fait à l'homme, pour le souftraire à une infinité de fautes, est venue heureusement à mon secours. Votre modestie, & mon insuffisance se sont présentées à mon esprit. Aussi-tôt j'abandonnai l'idée d'un projet que j'eusse réalisé avec plaisir ; mais qui ne le sera pas, parce qu'il a été conçu avec trop de légèreté. Cependant, MADAME, ma palette étoit toute disposée, & mes pinceaux tout prêts à être trempés dans les couleurs de la vérité. Comme je suis assez naturellement paresseux, & que la toilette des peintres est un peu plus longue que les toilettes ordinaires, je n'ai point voulu perdre ni mes peines, ni mon étalage. Qu'ai-je fait, MADAME ? J'ai honte de vous le dire. J'ai achevé mon portrait que j'avois esquissé il y a quelque tems, dans des momens de loisir. Je prends la liberté de vous l'envoyer ; daignez y jetter un seul regard, ne fût-ce que pour vous délasser un moment de vos charitables & continuelles occupations. La nature & la vérité ayant toujours eu des droits sur votre cœur, je suis assuré que le portrait, aussi naturel que vrai, du Solitaire des Ardennes ne vous déplaira pas.

Je suis avec le plus profond respect,

MADAME,

Votre très-obéissant serviteur
Le Solitaire des Ardennes.

ENTRETIEN
AVEC MES FLEURS.

O vous ! qui devez votre éclat moins à mon empreffement à vous cultiver, qu'aux foins maternels de la bienfaifante Aurore, je vous falue, brillantes fleurs, compagnes de ma vie folitaire. Que de raifons n'ai-je pas de vous chérir ! Fîtes-vous jamais naître les chagrins amers dont mon ame eft abreuvée, & qui, fans vous, en eût jamais tempéré l'amertume ? Les feuls inftans de plaifir dont mon ame ait jamais reçu l'empreinte, à qui les dois-je, fi ce n'eft à votre heureufe exiftence ? Je vous approche, mes peines s'éloignent ; je vous contemple, mes larmes fe tariffent ; je refpire vos parfums, & le fourire vient voltiger fur mes levres. Après tant de bienfaits, que ne vous dois-je pas, ô mes fleurs ! Guidé par la reconnaiffance, je voulois vous confacrer ces vers, prémices de mes loifirs champêtres ; je vous l'avois même fouvent promis. Mais ignorez-vous quelle eft ma foibleffe ? Mon cœur, vous le favez, treffaille au feul nom du fentiment : ne m'avez-vous pas vu embrafé de toutes fes flammes, lorfque l'on me fit, en votre préfence, l'éloge du digne objet que je vous préfere aujourd'hui. N'a-t-il pas à cette prédilection des titres incontestables ? Vous portez seules, il est vrai, la consolation dans mon ame affligée ; mais ne console-t-il pas bien plus efficacement une infinité de mortels plus malheureux que moi. Vous calmez mes peines, vous charmez ma tristesse, vous ouvrez mon cœur à la joie ; mais il soulage la veuve, protége l'orphelin, & ouvre ses mains dorées à l'indigent en pleurs. C'est pour moi seul enfin que vous faites naître le bonheur ; mais à combien d'infortunés ne le procure-t-il pas tous les jours ? Quels puissans motifs pour différer les engagemens que j'ai contractés avec vous ! consolez-vous donc, ô mes fleurs. Je vous offrirai l'hommage des premiers travaux champêtres qu'enfanteront les loisirs de ma solitude. Ne vous est-il pas dû avec justice, vous qui faites toute ma félicité. Elle n'existe, il est vrai, que dans le fond de mon cœur ; mais en faut-il davantage pour être heureux ? Les ouvrages que j'ai dédiés à quelques Princes de la terre, ont-ils contribué à me le rendre ? L'envie n'a-t-elle pas suspendu le cours des faveurs dont la fortune paraissoit vouloir me combler. Trop docile à la voix de ce monstre, ne s'est-elle pas éloignée de moi, comme les songes de la nuit s'éloignent de la mémoire à notre réveil ; & qu'ai-je de plus en ma poſſeſſion, que le ſouvenir de ſes promeſſes menſongères ? Quel parti me reſte-t-il donc à prendre, ſi ce n'eſt de me conſoler avec vous, ô mes fleurs ! l'objet de mes plus cheres complaiſances. Vous avez déjà cicatriſé les plaies de mon cœur, & fait gliſſer dans mes veines un beaume ſalutaire qui va les fermer à jamais. C'eſt auprès de vos agréables retraites que j'ai monté les diverſes cordes de ma lire bocagère ; inſpirée par votre préſence, quels ſons n'exprimoit-elle pas ! Comme mon cœur en étoit attendri ! Comme il exhaloit de ces ſoupirs dont on ne connaît le prix que dans la ſolitude ! La ſolitude eſt le berceau où le bonheur a pris naiſſance. Quelquefois, ſous vos heureux auſpices, ma plume traçoit des vers auſſi touchans que ceux de Geſner, & auſſi naïfs que ceux de Greſſet. Alors mon ame, ravie de leur aimable ſimplicité, oublioit juſqu'au ſentiment qui les avoit enfantés. O mes fleurs, que vous m'êtes cheres ! les droits que vous avez ſur ma reconnaiſſance, n'auront pas même pour bornes les bornes de ma vie. Apprenez mes dernières volontés. Mes cendres repoſeront un jour auprès de votre aſyle. Vous avoiſinez le lieu redoutable où elles ſeront dépoſées par mes ordres. Quatre jeunes ſycomores paliſſadés de quelque cyprès, que mes mains en tremblant ont plantés, ombrageront de leur ſombre dôme ma dernière demeure. C'eſt la ſeule ſéparation que j'ai miſe entre votre ſejour & le mien. Inclinez quelquefois votre calice vers mon bocage funêbre, & des larmes que l'aurore y aura verſées, répandez-en quelques-unes ſur ma ſépulture. Combien de fois, en réfléchiſſant à mes malheurs, ne vous ai-je pas arroſé des miennes? La terre ouvrira ſon ſein pour les recueillir, & en imbibant mes cendres, elles donneront une eſpèce de ſentiment à mes dépouilles inanimées. Puiſſe le ſouffle léger des zéphirs y faire voltiger quelques-unes de vos fleurs nuancées, & en former une couronne pour votre amant le plus chéri. Les lauriers dont j'ai vu ceindre ma tête, dans des tems plus fortunés, n'auront jamais été pour moi un trophée plus flatteur. O Philinte! ô le plus tendre & le plus ſincère de mes amis! Philinte, toi le dépoſitaire de mes triſtes ſecrets, & de mes malheurs peu mérités, à peine l'Ange de la mort aura-t-il ombragé mes paupières de ſes aîles épaiſſes, fais-moi porter dans ce lieu ſaint que j'ai moi-même préparé. Fais deſcendre mon corps dans les ombres de la terre, & mes peines dans celles du ſilence. Leur nombre & leur durée feroient encore ſourire l'envie dont le poignard eſt toujours enfoncé dans mon ſein? Auſſi-tôt qu'un gaſon tendre aura couvert la ſuperficie de ma ſépulture, tu y conduiras cet agneau que j'aimois tant. Il ne faiſoit

que de naître, quand je le dérobai à sa mere
bêlante, en le ferrant contre ma poitrine, & en
l'échaufant de mes baifers. Tu fais quel attachement il me portait. Il reculera d'effroi, fans doute,
en approchant de mon tombeau, & il dédaignera
l'herbette que les mains prévoyantes de la nature
lui auront préparé. Peut-être auffi d'un air affligé
preffera-t-il la terre de fon fein, pour effayer de
rendre la chaleur à mes cendres glacées. La reconnaiffance, ô Philinte, eft un fentiment dont
le germe fe développe avec plus de vivacité chez
certains animaux, que chez la plûpart des hommes;
cette réflexion eft humiliante pour l'humanité!
Que n'a-t-elle moins de fondement; je ferois plus
difcret, & j'aurois plus de plaifir. Pour fufpendre
le cours de tes fombres méditations à la vue de
ce fpectacle attendriffant, tu cueilleras, ô mon
bien aimé, les feuilles légères que l'haleine des
vents aura féparées de mes fleurs, & conduit
vers moi par une pente naturelle : tu choifiras
autant de rofes que d'œillets, autant de violettes
que de jonquilles, autant de tubéreufes que
d'anémones, tu en compoferas une guirlande
dont tu émbelliras la toifon de cet Agneau fi
chéri. Pour dernier gage de ta tendreffe, tu feras
mettre fur ma tombe cette épitaphe, que tu bai-
gneras, malgré toi, de tes larmes, & à laquelle
le voyageur le plus infenfible ne pourra refufer
les fiennes.

Après une vie cruellement agitée, ici repose le plus tendre des hommes. La bonté de son cœur, la candeur de son ame, la simplicité de son esprit, l'égalité de son humeur, l'humanité de son caractère lui faisoient présager les jours les plus heureux : mais l'envie, la médisance, la calomnie même, s'unirent de concert pour en empoisonner le cours. Il n'eut d'autre ambition que de rendre justice au mérite, & de se faire des amis dont il envia passionnément l'estime. Son malheureux sort ne lui suscita que des ingrats qu'il plaignit, & des envieux qu'il combla de bontés. Providence éternelle, daignes oublier la trahison des uns, & pardonner aux autres leur malice : daignes ouvrir ton sein miséricordieux à ce mortel infortuné, & fais-lui trouver dans les Cieux le bonheur dont il n'éprouva jamais le sentiment sur la terre.......

Je vous quitte, ô mes fleurs ! le déluge de larmes qui coule de mes yeux inonderoit votre asyle, & terniroit l'éclat de vos belles couleurs.

DÉTAIL
DE MA VIE CHAMPÊTRE.

L'ennui naquit un jour de l'uniformité.

C'ÉTOIT ainsi que s'exprimoit autrefois un de nos Poëtes, habile en l'art de connaître le cœur humain. Il favoit ce grand homme, que varier fes occupations, c'étoit le moyen de chaffer l'ennui, cette maladie épidémique qui traîne toujours après elle le char funefte des paffions. Quel ravage en effet ne produit-elle pas fur ceux qui, peu foigneux d'en arrêter le cours, par état ou par force, paffent leurs jours dans l'obfcurité de la folitude. Elle deffeche peu-à-peu les ames tendres, qui ont reçu de la nature le funefte préfent de la fenfibilité, & elle empoifonne les jours de ces êtres déplorables qui n'ont jamais compté les leurs qu'avec les jettons de l'infortune. Placé par les décrets éternels dans cette fphére malheureufe, mais utile à l'homme Philofophe, j'ai diverfifié mes loifirs, pour charmer l'uniformité de ma retraite. Cette diverfité falutaire éloignoit de mon ame la trifteffe, comme l'aftre du jour diffipe, à fon lever, les vapeurs de la nuit. Convaincu par l'expérience que mes plaifirs étoient moins piquans, plus les objets que je traitois avoient d'étendue, je n'ai travaillé que fur des fujets qui n'en étoient pas fufceptibles. La douleur n'eft pas long-tems difcoureufe. Je m'efforçois d'en éloigner l'idée, & de verfifier des matières amufantes. Ainfi de toutes mes bucoliques, celle-ci doit être regardée comme la plus gaie & la plus volumineufe. Heureux fi elle ne paraît pas telle aux yeux du public. Il n'eft pas poffible d'éprouver plus de fatisfaction à la lire que j'en ai éprouvé à la faire, parce que l'ingénuité en eft le fondement. J'en appelle au tribunal des ames vraies. Les plaifirs de la nature ne s'analyfent pas. C'eft en tremblant que je laiffe fortir cet opufcule de mon Hermitage. Il m'a coûté des peines infinies par l'efclavage que je me fuis trop légèrement impofé, de me fervir de rimes en *âge* & en *ant.* Puiffe-t-il éviter les traits d'une trop rigoureufe fatyre, & ne participer qu'aux avantages d'une judicieufe critique. La faine critique eft le creufet où s'épurent les productions de l'efprit : la redouter, ce n'eft pas être l'ami des beaux arts. Si l'on avoit ces attentions pour ma petite brochure, de combien de compagnes ne feroit-elle pas fuivie : femblables aux coquettes, elles ne demandent qu'à paroître au grand jour, fans connoître comme moi tout le prix d'une heureufe obfcurité. Ah ! que m'importe au refte : les enfans de ma mufe

naïve veulent-ils courir le monde ? Qu'ils le par-
courent librement. Décidé à demeurer inconnu,
leur pere fera moins fenfible aux difgraces qu'ils
pourroient effuyer. Si par hafard on s'intéreffoit en
leur faveur, fi l'on daignoit fourire à leur fimpli-
cité, l'auteur de leur exiftence ne cefferoit pas pour
cela d'être le folitaire anonyme des Ardennes. Je
ne veux plus prétendre aux Couronnes littéraires,
ni refpirer l'encens dont on les parfume lorfqu'il
eft mérité. Ce plaifir, autrefois délicat, traîne
maintenant après lui l'amertume : je n'en connais
que trop les ténébreufes fuites. La tranquillité de
l'efprit & du cœur eft préférable à tous ces
triomphes inftantanés qui, de même que les phof-
phores, éblouiffent, brûlent, & paffent auffi vîte
qu'eux. Qu'il eft fortuné celui qui, éloigné des
affaires du monde, où j'ai trop vécu, du tumulte
de la cour, où je fuis trop refté, des affiduités des
importuns, que j'ai trop fouffertes, conduit fon
ame dans la folitude, pour s'entretenir fagement
avec elle, & confacrer à l'étude les momens que
fon génie contemplatif ne peut plus donner à la
réflexion. La paix fermera fes paupieres, & fes
jours feront comptés par le bonheur. C'eft ainfi
que je vois paffer les miens qui coulent auffi rapi-
dement que les torrens qui vont fe plonger dans
la mer. L'ennui pourrait-il parvenir jufqu'à moi?
Tous les inftans de la journée font confacrés à des

occupations auſſi néceſſaires pour le corps , que ſalutaires pour l'ame. Dès que le Soleil ſe lève, je me lève avec lui ; je vole à mes fleurs. Proſterné au milieu d'elles , j'adore l'Être ſuprême qui daigna pendant la nuit conſerver ma fragile exiſtence. L'aurore d'un beau matin, unie aux autres charmes de la nature , inſpire je ne ſais quel ſentiment religieux , qui nous excite puiſſamment à rendre hommage à leur Auteur. Quel eſt le mortel inſenſible qui oſeroit ſe livrer à ſes travaux ordinaires , ſans conſacrer les prémices du jour à celui qui veille ſans ceſſe à ſa conſervation. Quand le devoir ne lui en feroit pas une loi, la reconnaiſſance ne doit-elle pas lui en faire un plaiſir. Après que mon ame s'eſt agréablement énivrée de la joie qu'éprouve un fils reconnaiſſant envers un pere généreux , je ſalue les belles compagnes de ma vie ſolitaire ; je les appelle chacune par leur nom ; je les félicite ſur la beauté de leur parure, & je prends quelque moyens pour en conſerver l'éclat. Elles ſemblent me remercier par une légère inclination. Les mains pleines , je vais enſuite à ma volière ouverte de toutes parts. Les oiſeaux n'ont-ils pas comme nous des droits à la liberté ? N'eſt-ce pas une eſpèce d'injuſtice de leur en ravir les douceurs ? Diſperſés ſur les buiſſons voiſins , dès que mes petits penſionnaires m'apperçoivent, ils battent des aîles, volent vers leur cabanne , viennent ſe percher ſur moi, &

manger même dans mes mains. Je baife tendrement les fruits de leurs amours, & les rends enfuite
à leur mere. Leur repas achevé, ils chantent tous
enfemble en reconnaiffance de mes légers bienfaits. Les cafanières de ma petite baffe-cour reçoi-
vent également ma vifite, & je fournis à leurs be-
foins comme elles fourniffent aux miens. L'Agneau
qui m'eft fi cher m'accompagne dans ces délicieux
délaffemens. De la baffe-cour, je paffe au potager.
J'élague un cep de vigne, j'épluche un chou-fleur,
je taille un Amandier, & le cordeau en main,
j'alligne un quarré de légumes. Je m'appuie enfuite
fur ma bêche ; je rêve à quelques niaiferies champêtres, & réalife une partie de mes fonges. Peu
après je me livre à des occupations un peu plus
fatigantes, afin de rendre mon individu auffi fain
que robufte. Rien ne contribue plus à la fanté que
l'exercice. Mais le Soleil, qui s'avance doucement
dans fa carrière, m'avertit de me garantir de l'ar-
deur de fes rayons. Je me retire alors dans mon
laboratoire conftruit des mains de la nature, à l'ex-
trêmité de mon jardin. Ma bibliothéque ambu-
lante m'y fuit toujours. Là je fais fuccéder à un
amufement agréable & falutaire, une étude férieu-
fe & utile. La morale en eft la bafe. Sans la connaiffance de la vertu peut-on goûter quelque félicité en ce monde ? L'on ne commence à en
éprouver le fentiment que lorfque l'on commence
à devenir vertueux ; la bonne littérature, après

un repas frugal, remplit le vuide de l'après-dîné.
Ainsi le matin s'écoule à exercer le corps & à
nourrir l'ame, & le reste du jour à cultiver l'esprit, & à éclairer le goût. Il est pour moi d'autres
occupations que je passe sous silence ; elles me feroient aisément découvrir, ce qui est bien éloigné
de ma pensée. L'humble violette n'est pas plus ca-
chée dans les buissons que moi dans ma solitude. Je
consacre donc scrupuleusement, & même avec
joie, tout le tems qu'exigent ces mystérieuses occupations. Une promenade dans un hameau voisin
de mon Hermitage, met fin chaque jour à mes in-
nocens plaisirs. Je la fais d'autant plus volontiers,
que je vais voir la nature dans tout son négligé, &
que mes petits pensionnaires voltigent le long de la
route alentour de moi. Arrivé à la cabane rustique
où j'ai coûtume de me rendre, ils se perchent sur le
toît tout le tems que j'y demeure, & ne le quittent
que pour m'accompagner jusqu'à mon habitation.
Le cortège des Monarques de la terre est-il aussi
flatteur que celui-là ? A l'abri de la médisance,
de la jalousie & de l'importunité, c'est-là que je
passe dans l'oubli, mais dans le bonheur, les momens qui me restent encore à séjourner sur la terre.
Il m'est indifférent que l'Être suprême en abrége
ou en prolonge le cours : résigné à ses décrets
éternels, j'en attends tranquillement l'exécution.
Mes soins se bornent à faire tous mes efforts pour
partager un jour la félicité qu'il promet à la vertu.

PORTRAIT

DU SOLITAIRE

DES ARDENNES.

POUR protéger l'Auteur de ce trop foible ouvrage,
Vous voulûtes, Eglé, connaître auparavant
De quel bois se chauffoit ce petit personnage,
Sur le compte duquel on vous écrivoit tant.
  Cette conduite étoit fort sage.
Se jette-t-on si vîte à la tête des gens ?
Encor faut-il savoir s'ils sont vrais & décens,
Si l'on peut rendre d'eux le certain témoignage
Qu'ils ont des mœurs, des vertus, des talens,
Le cœur bon, l'esprit droit, & des heureux penchans;
Qu'ils proviennent enfin d'un honnête lignage.
Vous faites une enquête.. On répond.. Mais comment ?
Du bien de moi l'on vous dit un sacage;
Du mal, point... On devait le dire également,
  Puisque par-tout il est de l'alliage :
C'est ce qu'on n'a pas fait. Eh bien, moi bonnement,
Pour ne point vous tromper, je vais sans verbiage,
  Sans coloris, sans ornement,
  Sans appareil, sans étalage,
Vous tracer l'un & l'autre, & vous faire à l'instant
De mon individu le portrait ressemblant.

B

Je commence... écoutez mon drôle de ramage.
Je suis plus laid que beau ; je puis paſſer pour grand :
On me dit ſombre, & même un peu ſauvage,
Froid, politique, orgeuilleux, intrigant,
Sournois, boudeur, bref Janſéniſte ardent.
Moi Janſéniſte? Oh Dieu ! quel hardi barbouillage !
Je n'ai ni grand chapeau ſur ma tête tournant,
Ni la boëte à Pérette, où gît le bon onguent.
Non, la vache à Colas dans tout notre bailliage
N'a brouté de ſa vie, & qui, d'un ton tranchant,
Dit que j'en ai mangé, c'eſt un menteur à gage.
Je ſuis bon catholique, & non point appellant ;
Je déteſte à mourir tout ce patelinage.
L'autre reproche eſt faux pareillement.
Je ne me livre pas ; mais mon front ſans nuage,
Mes diſcours tout unis, mon naïf enjoûment,
Mon air tout rond, mon décent badinage,
Font voir que mes cenſeurs parlent ſans fondement.
Eh ! qu'ils jaſent, Robin s'en mocque largement.
Mes yeux petits, qu'un blond ſourcil ombrage,
Sont bleus, doux & malins, tendres, vifs & perçans.
Néanmoins d'ordinaire on les voit languiſſans !
De cruels ſouvenirs m'en ont fait un uſage.
J'ai voulu ſur cela m'expliquer clairement,
De peur qu'on en crût davantage :
On croit le mal trop aiſément.
Ma bouche eſt par trop grande, oh morbleu ! c'eſt domag

Car ſon ameublement

Fait plaifir quand on l'envifage ,
Et pour ma bouche , hardiement
On prendroit bien mes dents en gage,
Sans être duppe aucunement.
La barbe & les cheveux font blonds paffablement ;
La peau n'a pas befoin, dit-on, de blanchiffage.
Le nez & le menton font faits négligemment ;
Le col com'ça , la main plus joliment.
Avec moi la nature, oubliant le ménage,
N'a point, pour mon défagrément,
Dans fon laboratoire épargné le corfage.
Mon corps , je vous affure, eft gros honnêtement,
Et n'a pas, quoique droit, l'élégance en partage.
Défunt mon pere, hélas ! qui me faboulait tant,
N'était pas plus repréfentant.
Les deux traiteaux qui portent le bagage,
Dans le repos & dans le mouvement,
De deux bons forts pilliers préfentent l'affemblage:
Pour étayer le bâtiment
Befoin étoit d'un bon échafaudage.
Où font elles fur mon vifage
Ces charmantes couleurs dont l'aimable printems
Anime encor les traits frappans
De la déeffe du bel âge ?
Sans être à peine à l'été de mes ans ,
La pâleur fur mes traits fait par fois du ravage ,
Et l'on croit que la mort, qui tout par-tout fourage,
M'a laiffé par oubli au nombre des vivans.

Voilà l'être phyſique ; il eſt mal, j'en enrage,
   Mais point n'en perds un coup de dents.
En deviendrais-je un plus beau perſonage ?
Point du tout : être beau, c'eſt bon pour les galands,
L'Hermite eſt toujours bien, lorſqu'il dompte ſes ſens.
Quant à l'être moral, ſeul bien que j'enviſage,
   C'eſt une autre paire de gants.
Si la nature eut des motifs puiſſans
Pour ne point embellir les dehors de la cage,
Je n'en ſais rien ; qui voit ſon trifouillage ?
Ce que, ſans trop d'orgeuil, je fais, je vois, je ſens,
C'eſt qu'elle orna tant ſoit peu le dedans.
Mais combien de défauts y mit elle ?... un ſacage !
Ah ! le mal ſur le bien eut toujours l'avantage.
De mes défauts parlons premièrement ;
  C'eſt par malheur, mon plus bel appanage.
   On n'eſt pas homme impunément.
Le chapelet eſt long, & je veux ſimplement
Le defiler tout comme Auguſtin à Cartage.
Ami lécteur, armez-vous de courage ;
Je vais me confeſſer trois quarts d'heure amplement.
Au fait, Avocat... ſoit... Quatre pas ſeulement,
Je ne les ferais pas pour manger un potage
   Accompagné d'un dîné ſucculent.
Néanmoins j'avouerai que Robin eſt friand.
Ne convenez-vous pas que ce début engage
   A m'écouter paiſiblement ?
   Si des bords fortunés du Tage,

Par un heureux débarquement,
Il venoit des liqueurs fur mon frugal rivage,
J'en boirois tous les jours, quoique modérement.
        Sur ce point-là , je fuis affez gourmand.
Dieu m'en punit, la bierre eft notre feul breuvage ,
Eh bien ! j'en bois, mais c'eft en grimaçant.
J'ai toujours foif auffi, quand je fonge au vin blanc.
        L'on me verroit, fans le péage ,
Ufer felon faint Paul de ce doux reftaurant.
Quant au vin rouge, il m'eft indifférent.
Tant mieux, car ça feroit un chien de tripotage.
Pour le gibier j'eus un goût véhément :
Il dure encor, mais en avoir, comment ?
Point d'argent,point de Suiffe,on connaît cet adage,
        Et moi fur-tout pertinemment.
Que fais-je? Je m'en paffe, & m'en tiens au fromage,
        A la foupe , au beurre , au laitage.
Je ne mange du bœuf que trois fois tous les ans :
        Chacun chez nous n'a pas cet avantage.
Pour du mouton , néant : nos moutons excellens
        Ne font pas faits pour gens de mon étage.
Autrefois pour gagner je jouois au brelan.
Au brelan ! Jeu fripon , où l'on fe dévifage;
Jeu de gueux, jeu d'enfer , que j'abhorre à préfent.
Ce vil jeu de laquais, enfant du brigandage,
De tout mon faint frufquin a ravi le montant,
        Lorfque j'en fis l'apprentiffage.
Voilà quel fut mon gain. Je m'en allois mourant

De me trouver plus fec que ne l'eſt un hareng,
Et ſi du ſieur Caron je ne vis pas la plage,
C'eſt que je lus Séneque, & Séneque eſt parlant
Sur le mépris que l'on doit à l'argent.
Par-ci par-là j'eus la chienne de rage,
Et jadis c'étoit un de mes défauts brillans,
De mentir encor mieux qu'un arracheur de dents:
C'eſt, il eſt vrai, toujours par badinage,
Et jamais férieuſement.
N'importe, c'eſt fort mal, je le dis franchement.
Mentir n'eſt pas d'un bon préſage:
Un menteur d'ordinaire eſt mauvais garnement.
J'aimerais mieux cent fois un cheval de louage
Qui vous diſloque en le montant.
Changez donc, dira-t-on, ou bien dorénavant
Reſtez ſeul dans votre hermitage,
Monſieur le Solitaire. Entendez-vous... J'entends.
Grand merci ſoit de votre bavardage,
Je ſuis déjà changé, ſans vos avis plaiſans.
Je pourſuis. L'on ſe plaint dans tout mon voiſinage,
Que de trop près j'examine les gens:
C'eſt vrai, j'ai tort: j'ai ri à leurs dépens,
Encor plus tort: auſſi j'en ai payé l'aunage.
J'ai peur des médecins, des borgnes, des ſavans,
Des dévotes, des ſots, des morts & de l'orage:
C'eſt-là, tranchons le mot, le fait d'un innoçent.
Bien plus impétueux que ne l'eſt un volcan,
Je me fâche, par fois, & je fais grand tapage.

Des bêtes je suis fou , en vain je m'en défends:
Moutons, chiens, chats., avec moi font voyage.
J'appelle, agace, obstine & gâte les enfans.
Je jouerois avec eux , si josois à mon âge.
Je suis par trop crédule, & trop impatient.
J'obtins, pour mes péchés , l'amour propre en naissant:
On est bien pauvre avec cet héritage.
Sans cesse il est sur mes talons pendant ,
Je voudrois lui donner congé de remuage ,
C'est envain ; le fripon est toujours demeurant ,
Il ira même en augmentant ,
Si Dieu ni met la main. J'ai passé pour plus sage
Que je n'étois foncièrement ;
J'ai nourri cette idée avec rafinement ;
Cela ni plus ni moins s'appelle un brigandage ;
C'est vouloir attrapper le monde effrontément ;
De mon histoire aussi ce n'est pas l'ornement.
Que nai-je été plus ferme & moins volage ,
Plus attentif, plus soigneux , plus prudent,
Je suis un peu trop complaisant :
A de faux pas la complaisance engage ,
Et j'en ai fait , c'est étonnant.
Des hommes corrompus le cruel persiflage ,
Leurs dangereux détours, leurs subtils complimens,
Leur air flatteur , leurs faux sermens,
Leur politique , & leur maquignonage ,
M'ont fait user de ruse & de déguisement ;
Je rougis d'avoir fait à mon cœur cet outrage :

Il valait mieux souffrir patiemment.

Je suis distrait assez communément,

Ce forcier de défaut, après lequel j'enrage,

Me fait manquer à tout moment.

Plus gai qu'à l'ordinaire, alors mon enjouement,

En ne le bornant pas, devient enfantillage.

Par fois je parle trop, & pas assez souvent.

J'ai pour l'étude un dégoût surprennant,

Du plaisir au travail j'allonge le passage;

Je tourne autour du pot comme fait un enfant;

Je tousse, crache & mouche au moins dix fois avant.

Je compte les feuillets, je vais de page en page;

Cela veut dire, en un mot comme en cent,

Que, grace à Dieu, je suis un maître fainéant.

Il faut à Dieu de tout que nous rendions hommage.

Veut-on me piquer trop, alors je suis mordant;

Sur ça je n'entends point assez le badinage.

Timide naturellement,

Je parais quelquefois aussi hardi qu'un page;

Que l'on me fixe un peu, mon air de régiment

A Quinpercorentin fait un pélérinage,

Et mes yeux comme un sot se baissent à l'instant.

Ce foible est-il connu, si l'on est impudent,

Je suis fier, & soudain allant à l'abordage,

Plus intrépide qu'un Houlan,

Qui par-tout porte le ravage,

Qui sans pitié vous sabre & vous pourfend,

Qui dit Jean tout adroit, qui met tout au pillage;

Je féraille & canone épouventablement.
On fait de moi ce qu'on veut autrement.
  Enfin ce qui caufa tant de défavantage
A mon petit avoir déjà peu fuffifant,
C'eft que je n'ai point trop confulté le ménage,
C'eft que je fus par trop entreprennant;
C'eft qu'à la fois je fis par trop d'ouyrage;
Enfin c'eft que dans l'eau comme un extravagant,
    Et comme s'il m'eut fait ombrage,
    J'ai jetté tout mon pauvre argent.
    Ah! vas-t'en voir s'il revient, Jean.
Voilà tout... du chaudron j'ai bien fait l'écurage;
    N'eft-il pas vrai? Convenez-en.
    Sans faire un plus long étalage,
    Venons au bien préfentement,
Je dois en rendre un égal témoignage.
Chacun fon tour, c'eft jufte affurément;
Sans cela je ferais un beau merle vraiment.
Commençons... Point ne veux avec fanfaronage
    Vous peindre ici le fentiment
    Qu'à mon berceau je reçus en partage;
    Hélas! il fit trop mon tourment.
    Je dirai dont naïvement
Qu'on ne peut guère en avoir davantage.
Je fuis fenfible & bon, doux & reconnaiffant;
J'ai pour les malheureux un cœur compâtiffant.
  Ah! quand je peux, comme je les foulage!
  Cent fois plus qu'eux je fuis content.

Que ne fuis-je plus opulent !
Joyeux j'irois monter à leur feptième étage,
Les prier d'accepter quelque foible préfent,
Et les remercierois, la rougeur au vifage,
De m'avoir fait un plaifir auffi grand.
Mais le maudit Plutus ma rayé de la page
Où font les noms de ceux qu'il chérit tendrement.
Gueux comme un rat d'Églife abominablement,
Je n'ai ni fou ni maille, & rien pour mettre en gage.
Que faire donc? Me pendre? Ah! non certainement.
A quoi bon? Point ne veux plier fi-tôt bagage,
Ni le plier fi hautement.
Un garçon comme moi, ce feroit bien dommage.
A nos moutons revenons maintenant.
Si de l'amour que l'on dit fi preffant,
J'euffe écoûté le tendre gafouillage,
J'étois de Flandre indubitablement.

Mon pauvre cœur, ce cœur aimant,
Je ne fcai trop fur quel échafaudage,
Ni par où ni comment
S'eft fauvé du naufrage.
Mais le forcier eut l'art, crainte d'évènement,
Chez l'amitié de fe mettre en otage :
Pouvoit-il fe choifir un meilleur logement ?
C'eft-là l'échapper belle, affez adroirement.
J'aime la liberté, j'abhorre l'efclavage,
Je ne defire point aucun commandement.
Pour être maître abfolument,

Et faire à ma façon mon petit tripotage ,

  Je donnerois les trois quarts de mon ſang.

  Mais où trouver un homme indépendant ?

Je paſſe pour ſecret, je ne ſuis plus volage ,

On peut me regarder comme un ami brûlant ,

Des grandes paſſions à l'abri de l'orage ,

  Mon cœur n'a plus d'autre contentement

    Que dans le trop rare aſſemblage

    Et dans l'heureux aſſortiment

De deux où trois amis , & non pas davantage.

Ont-ils quelque chagrin, quelque déſagrément ?

  Avec quel zèle & quel empreſſement

  Mon ame entière les partage !

C'eſt plus qu'un feu, c'eſt un embraſement.

Quand j'ai manqué , je l'avoue uniment.

L'excuſe en vérité n'eſt que du rempliſſage.

  Je ſuis peu fait à ce perfide uſage

  D'écrire & penſer autrement :

Je reconnais ſans fard mon pauvre grifonage.

  Le vrai m'eſt cher , je ſuis né franc.

Je mangerais tout cru l'infâme médiſant

Dont l'organe infernal cauſe tant de ravage.

Je hais l'homme de cour qui fait le chien couchant :

L'ambitieux, le fat , & le riche inſolent

  N'ont pu jamais obtenir mon ſuffrage.

Je garde en leur préſence un ſilence accablant.

Je fuis le faux dévot & ſon patelinage ,

L'envieux, le flatteur, l'avare & le méchant.

Je diſſimule avec peine un outrage,
Mais je le pardonne aiſément.
De me venger ſi j'avais le courage,
Je me vengerais noblement.
Soit habitude où bien tempéramment,
Je fais du bien à ceux qui m'ont fait du dommage,
Ou qui pour ma perſonne ont de l'acharnement.
En vérité ça me ſoulage.
En priant Dieu dévotement,
Pour tous mes ennemis je l'invoque ardemment.
Ah ! malgré moi que j'eus d'ouvrage.
Oubliez, ô mon Dieu ! les maux que dans leur rage,
Ces cruels ennemis m'ont fait injuſtement.
En pouſſant la vertu juſques-là, l'on préſage
Peu charitablement,
Que je n'en ai que l'écorce où l'image ;
On a le diable au corps de tenir ce langage.
Quant à mon amour propre extérieurement,
On le voit peu paraître avec ménagement,
Comme un plongeur habile entre deux eaux je nage,
Et je le cache aſſez heureuſement.
J'ambitionne le ſuffrage
Des gens inſtruits, vertueux & prudens ;
Pour moi leur compagnie eſt un aréopage.
J'aime d'apprendre & volontiers j'apprends ;
Je veux ſavoir de tout, juſques au tricotage :
Varier ſes loiſirs c'eſt le devoir du Sage.
Je fais en de certains inſtans

Les sacrifices les plus grands;
J'en suis même étonné quand je les envisage,
Ce qui fait soupçonner à nos fins paysans
Que le dehors chez moi différe du dedans.
A faire mieux encor ce soupçon m'encourage.
    Je gage vivre avec un Indouftan,
    Un Hottentot, un Lapon, un Sauvage,
Un Turc, un Maroquin, un Arabe, un Persan.
J'adoucirois, je pense, un dur Antropophage.
    Je m'accommode à tous également.
A personne jamais je ne porte d'ombrage,
Et ne suis point sujet au moindre changement.
J'ai dit que quelquefois je faisois grand tapage,
Je ne m'en dédis pas, mais la bombe en partant,
Me voit déjà plus froid que n'est un castillan,
    Ou plus posé que n'est un Mage.
Quoique de la paresse irrévocable amant;
Dès qu'une fois je suis à l'attelage,
Il est peu de mulet plus fort & plus vaillant :
Je travaille à tout rompre; un superbe Sultan
Eut-il de son ferrail avec lui l'assemblage,
Ne m'arracheroit pas un salut en passant.
C'est un peu fort; mais le fait est constant.
J'estime les Anciens, & non leur radotage.
Huit jours sans débrider je suis tout écrivant,
Tout lisant, tout pensant & tout moralisant.
Je passerois les nuits dans un petit bocage,
Rêvant avec Young sur l'homme & son néant.

Si j'euſſe été (peu s'en fallut pourtant)
        Parmi ces dignes perſonnages ,
Qu'on voit avec plaiſir à Verſailles ſiégeans ,
        J'euſſe montré , par des projets prudens ,
Par mes veilles, mes ſoins, mon zèle & mes ſuffrages,
Pour la France & ſon Roi mon amour tranſcendant.
Chez moi le bien public a le pas dominant.
Viens-je à le faire? Au ſein d'un doux plaiſir je nage.
Le vrai bonheur eſt pour qui le répand.
Je dreſſe des autels à l'homme bienfaiſant ,
Et jette à pleines mains des fleurs ſur ſon paſſage.
Il en eſt un pour qui mon jardin trop peu grand
        Eſt mis par moi tous les jours au pillage.
Le mérite a des droits ſur mon plus pur encens.
        J'ai toujours pris le parti des abſens ;
C'eſt par-tout aſſez rare & plus ſur mon terrage.
        Tout comme il vient je prends le tems ,
Et ſuis un ſans ſouci que rien ne décourage.
J'apperçois tout , & n'en fais pas ſemblant.
On n'a point de diſpute avec moi pour le rang :
A prendre le dernier , de bon cœur je m'engage.
Suis-je triſte ou rêveur, chagrin ou mécontent ;
        Je n'en dis rien , perſonne ne s'en ſent.
Veut-on ſe diſputer, grand train je déménage,
Et ſi je m'apperçois ſur-tout que le nuage
        Eſt ſur ma barque étincelant ,
Je fuis plus vîte alors , je ſuis maître du vent ,
        Et je me tiens fort & ferme à l'ancrage.

Ennemi de tout bruit, & de tout différend,
De bonne heure j'ai pris la paix en mariage,
Et ma femme a dans moi l'époux le plus conftant.
Ai-je bu par hafard du bon Champagne blanc,
Ou bien deux verres feuls du vin de l'Hermitage,
   J'ai de l'efprit comme un fatan :
Je donne alors un confeil excellent;
Ma tête eft moins péfante. On dit que mon langage
Va droit au cœur, & que même il furprend.
Hors de-là, ferviteur, le garçon va rêvant,
Et d'un homme ordinaire à tout le gafouillage.
A coup fûr ce vin-là renferme un talifman,
Qui reffemble à peu-près à la pierre d'aimant.
Ah! donnez-moi, mon Dieu, moyennant ce breuvage,
De l'efprit tous les mois, quatre fois feulement,
   (C'eft bien modefte affurément) :
C'eft alors qu'on verra bien voguer l'équipage.
Malgré ma pauvreté j'ai de l'ame amplement;
Sans elle on me verrait agir bien grandement.
Mon amitié fans fin eft toujours fans partage,
Et mon peu de favoir eft fans entêtement.
   Joignez encor à mon petit bagage
      Un tantinet de jugement;
Pour la religion un faint attachement,
Pour l'éternel le plus profond hommage;
Pour ma famille enfin le plus grand dévoûment.
      Le plus fâmeux peintre Flaman
      Fût-il auffi grand perfonnage

Qu'étoit Apelle en son talent,
Ne peut faire, je gage,
Un portrait aussi ressemblant.
Si Dieu me garde place en son saint héritage,
Il me trouvera tel au jour du jugement;
Mais par sa grace bien plus sage.
Eh ! peut-on dans les cieux avoir place autrement !

DESCRIPTION
DE MON HERMITAGE
ET DE MES AMUSEMENS.

QUAND au féjour charmant
Que je fais dans mon Hermitage,
Je vais en dire, Eglé, deux mots tout fimplement.
Mes jours y font filés par le contentement,
Je m'occupe de tout, même du labourage.
Mais de mon beau manoir parlons auparavant.
  Un Architecte Catalan
Ne s'avifa-t-il pas, au bord d'un marécage,
De bâtir ma chaumière en l'an quatorze cent.
Sans doute qu'il aimait la grenouille & fon chant.
La porte a quatre pieds, j'en fis le mefurage.
Où ferait le cerveau, fi l'on étoit bien grand ?
  Vingt pouces font la hauteur du vitrage.
Il faut des yeux très-fins pour voir le firmament.
Comptez-bien, vous verrez s'il eft plus d'un étage;
  Encor va-t-il au grenier droitement.
  La cave dans ma tête exifte feulement.
La terre, en vérité, me fert de parquetage.
  Mon Efpagnol, homme fort prévoyant,
A coup fûr defiroit m'éviter le frottage ;
Il a bien réuffi. L'herbe croît amplement

C

Dans mon ruſtique bâtiment :
On pourrait en tirer deux bottes de fourage.
Hibous, rats d'eau, limaçons, cormorans,
En ſont ainſi que moi les premiers habitans.
J'ai beau chercher un vallon, un bocage,
Ni clair ruiſſeau, qui coule en ſerpentant,
Ni côteaux Des boſquets, voiſins d'un payſage,
Rien; ce n'eſt qu'un déſert où le Dieu tout-puiſſant
Ne paſſa point de ſon vivant :
S'il y paſſa, ce ne fut qu'à la nage.
Les dehors du logis reſſemblent au-dedans ;
L'argile en forma ſeul le frêle maçonage.
D'un certain tréſorier mon lit eſt différent ;
Je n'ai qu'un matelas avec un petit ban ;
Une marmite où l'on fait du lavage,
Un coffre, un pot, un bahut de bois blanc ;
Du tems de Dagobert un gros fauteuil roulant,
Ma garde robe, hélas ! contient pour tout potage
Deux caſaques d'hiver, couleur de Juif errant,
Dont l'une, qui ſe meurt, eſt ſur moi maintenant.
Quand au bien fonds, il gît en tant ſoit peu d'herbage ;
C'eſt-là ce que Robin a de meubles vaillans.
Le reſte ne vaut pas deux écus de ſix francs,
Linge compris ; Dieu ſait s'il vaut le blanchiſſage:
Avec tout ça Robin plus qu'un Roi vit content,
Et va comme un pinçon preſque toujours chantant.
Ma ſervante ſe nomme Agnès du Boudinage :
(C'eſt un ſingulier nom) elle a deux fois trente ans.

Fière comme un Céfar d'avoir pu refter fage,
Il faut, pour lui parler, que je mette des gants ;
Et n'en ai pas pour ça meilleur accommodage.
Pourquoi ? C'eft qu'en ma bourfe il eft peu de comptant,
Et que je lui dois bien quatorze ans de fon gage.
Au plus rudes travaux je donne affez de tems,
    Et pas beaucoup au jardinage.
Chacun fon goût, le mien déplaît aux indolens.
Je ne fors point de mon pauvre terrage :
Peut-on fe faire hermite & puis courir les champs ?
Ne faut-il pas avoir des principes conftans ;
Et fût-on à Peckin, toujours en faire ufage.
Je ne vois donc perfonne, hors mon compere Jean:
C'eft un brave homme, uni, gai, droit & franc.
Sur fon compte bientôt j'en dirai davantage.
A mes amis je penfe ~~à chaque bout de champ~~ *fréquemment*
Leur fouvenir, leurs lettres, leur meffage
Font naître dans mon cœur un doux treffaillement.
    Au point du jour, avec étonnement,
Des oifeaux d'alentour j'admire le plumage :
    Avec extafe, avec raviffement,
    Du roffignol j'écoute le ramage :
Je fais enfuite un tour au firmament,
Et dans la lune, ainfi qu'Arlequin je voyage :
Puis je pars pour l'Efpagne, & là pompeufement
Je bâtis des châteaux, qui croulent au moment
Qu'étonné j'apperçois le fommet de ma cage.
    Je rêve enfuite un peu profondément,

En regardant un coquillage ;
Et fais fur la nature un beau raifonnement
Sans la connaître aucunement.
Le foir , je fais un tour fur le bord du rivage ,
Et vais compter goguette à mon compere Jean.
Et bien ! lui dis-je, ami, comment va le ménage ?
Quoi ! ta femme eft encor au travail maintenant ?
C'eft un démon que Margot pour l'ouvrage.
A propos , mon filleul Laurent
Sait-il fon catéchifme ? Il fe fait déjà grand :
Quoique pauvre, je fonge à fon apprentiffage.
Je compte en faire un bon marchand ,
Mais, dame ! il faut qu'il ait cœur à l'aunage.
Je veux que le dimanche il foit brave à préfent.
Otes-moi-lui tout ce vieux ravaudage ;
Il a l'air avec ça d'un fiéfé manan.
Tiens, ce frac ira mieux, dis-lui qu'il le ménage :
Ajoûte-lui de plus, que s'il fe fait Houlan ,
Dragon, Pandour, Huffard, Grenadier ou Cul-blanc,
C'eft décidé, jamais je ne vous le dégage ,
Devint-il , en trois mois, Caporal ou fergent.
Tous ces fiers à bras-là me donnent de l'ombrage ;
Leurs mouftaches, leurs crocs, leur air de facrépend,
Leurs bonnets à la turc , leur long fabre tranchant,
Me les font redouter autant que le carnage.
Dis-lui tout ça ce foir en fe couchant :
Aux bons confeils d'un pere un fils rêve en dormant.
Et ta fille Nanette , eft-elle toujours fage ?

J'ai là pour elle aussi quelque petits préfens.

    C'est afin que ça l'encourage.

Prends-moi ce cafaquin, ce fichu, ces rubans,

Ce mouchoir à quarréaux, ce jupon à ramage,

Ce tablier d'indienne & cette croix d'argent;

    De feu ma fœur Langrand,

Dieu veuille avoir fon ame, ah! c'eft tout l'héritage.

Eh bien, tout ça, c'eft pour ta chere enfant.

Il faut qu'une fillette ait l'air un peu fringant:

Ça fait un bon effet dans tout le voifinage;

    Ça lui procure un honnête galand:

Pour s'en débarraffer voilà comme on s'y prend.

Le meilleur, mon compere, eft un prompt mariage;

On a, lorfque c'eft fait, fon pauvre efprit content.

A quinze ans une fille eft un fardeau pefant;

Dieu fait comme il en eft qui vous ont fait naufrage!

On ne va pas le dire à Rome. Dès l'inftant

    Bacle-moi ça, ton bonheur en dépend.

Endimanchée ainfi, fans peine je préfage

    Que tous nos garçons, en paffant,

Fixeront de Nanette, avec un œil brillant,

    Le nouvel étalage,

    Et le trouveront élégant.

La vois-tu? diront-ils, oh! quel morceau friand:

Puiffe le four chauffer pour quelqu'un du village:

Dieu d'amour exaucez ce defir innocent.

Mais ta fille aura peu des filles le fuffrage,

En fais-tu la raifon, toi qui fais le fendant,

L'entendu, le docteur, le finaud, le favant ?
Oui dà, je le favons, Monfieur de l'hermitage.
Tenez, dès mon bas âge,
De ces droleffes-là je favais le trantran,
Tous les détours, tout le maquignonage ;
Je les connais tout comme mon plein-chant.
Leur envieux propos, leur difcours méprifant,
Leur fripon de fouris, leur vain fanfarónage,
Leur air fournois, leur filence infultant,
Leur clein d'œil fcélérat, leur chien de chuchotage,
Leur malin coup de coude, & leur ton arrogant,
Ne viendront que de rage
De n'en pouvoir montrer autant.
Tout jufte, mon compere.. Ah ! cela eft conftant :
Point d'autre fur ma foi. Mais fi quelqu'une outrage
Ma Nanette ou lui fait le moindre badinage,
Nous verrons ça, par Saint Vincent
Je n'en ferai pas deux, je vous la dévifage,
Ou de mon pied au cul je lui baille en jurant.
Ne crains rien, mon ami, ta fille a mon fuffrage,
J'arrêterai, fois-en sûr, le torrent.
Mais je n'ai plus qu'un mot à te dire en partant.
La Dame du château, Madame d'Ambalage,
(Ne v'là-t-il pas encor un nom des plus plaifant)
Noble, archinoble, au moins feize quartiers comptant,
Marquife en tout honneur, Baronne à triple étage,
Aimable avec tout ça, fans trop m'aimer pourtant,
Va s'informer d'où viendra ce préfent.

La curiofité du fexe eft l'appanage,
Il l'apporta prefque au monde venant.
Surprife elle dira : c'eft-là la fille à Jean !
Le Solitaire a bien embelli fon corfage,
Ses mitaines, fes bas font d'un beau tricotage :
Souliers, juppe, manchon, tout eft affortiffant.
Mais j'en veux à mourir à fon caraco blanc.
Si la mode des grands eft d'ici le partage,
Que porter, moi, dorénavant ?
Jean & le Solitaire, ah ! cela me furprend,
Ne font qu'un, m'a-t-on dit, c'eft un bel affemblage,
Le Solitaire eft donc le parrein de Laurent ?
Ce petit Monfieur-là fait un maître pédant.
Quoi ! lui poli ? du monde il ne fait pas l'ufage.
Il ne vient au château qu'au premier jour de l'an.
Qu'y fait-il ? Il faffied, baille, rit, tout entend,
Ne dit mot, puis fe lève, & s'envas. Moi ! j'enrage.
Pour quelqu'un de ma forte, eft-ce bien régalant ?
Mais, compere, tu dors ? C'eft de mon radotage,
Eh bien finiffons-le ; parlons de ton fourage.
T-at-il, cette campagne, apporté du comptant ?
Vas-tu vendre au marché ton beurre, ton fromage,
Ton lait, tes œufs, ton feigle & ton froment,
Tes poulets tes canards ta laine & ton filage ?
J'y vous, Monfieur... Tant mieux, il t'en vient davantage,
On y vend cher aujourd'hui diablement.
Ah ! joubliais ; je veux te faire un compliment.
Je fuis venu le long du pâturage,

J'ai vu tes vaches en paffant.
Morbleu! quelles font bien ; tu fais force laitage,
N'eft-ce pas? Et ton beurre ! il doit être excellent.
Mais qu'as-tu fur le nez & fur-tout le vifage ?
Des boutons! Quoi, toujours tu boiras, mon fatan ?
Ta Margot le faura. Chut... Je ne boirai plus tant.
Soit, nous verrons s'il eft vrai ton langage ;
 Si tu deviens plus tempérant,
 Plus menagé, moins négligent.
Soyez en fûr.. C'eft bien, bon foir, Jean.. Bon voyage.
Je plante là mon homme, & m'en vas en riant.
De retour j'ouvre un livre, ou fais du griffonage,
 Qu'au feu je jette promptement :
 Après ma mort, je crains le cenfurage.
 Une autrefois je fais mon teftament ;
 Qui ne contient qu'un quart de page.
Rabelais en fit un, mais c'eft du ré haufage.
Le mien! Quel beau morceau! C'eft à peindre vraiment.
Je pleure néanmoins fur mon pauvre héritage :
 Mes coufins, malheureufement,
N'auront pas lieu de rire à mon enterrement :
 En vérité c'eft bien domage.
 Enfin, dans mon délaffement,
Aux Mufes, avec moi fouvent dans le veuvage,
 Je fais ma cour avec difcernement,
Et mes vers font toujours l'écho du fentiment.

REGRETS CHAMPÊTRES.

J'Aurais voulu dès mon enfance
Passer mes jours dans un hameau,
La solitude est le berceau
Où le bonheur a pris naissance.
C'est là que la candeur, la joie & l'innocence
Ont pour jamais établi leur séjour.
A l'abri des hauteurs de la fiere opulence,
Des faux sermens d'une importune cour,
De la vertu sans peine on y nourrit l'amour.
Sans être mêlés d'amertume,
C'est là qu'on sent les vrais plaisirs;
Si l'on éprouve des desirs,
C'est l'amitié qui les allume.
Est-il, oh Dieu! de plus charmans loisirs?
En cette tranquille retraite,
Mon ame heureuse & satisfaite,
Mon cœur serein & mon esprit joyeux,
Dans un loisir délicieux,
Eussent goûté la paix la plus parfaite.
Plus dissipé, jeusse été moins heureux.
Sauvé des tourmens de la gêne,
Libre d'amour, exempt de haine,
Presque toujours indifférent,
Sous l'égide de la sagesse,

D

Mon cœur moins foible & plus prudent,
N'eut réfervé de la tendreffe
Que pour mes amis feulement.
Par quel fatal évènement
Le fort dans un réduit champêtre
Refufa-t-il, pour mon tourment,
De placer autrefois mon être?
Dans cet heureux éloignement
J'aurais appris à me connaître,
A diftinguer le fentiment
Des vils defirs qu'en nous font naître
Ou le befoin ou l'intérêt.
Moins porté vers ce doux attrait,
Et cette image enchantereffe,
Des grands, des biens, du faux bonheur,
Dont l'avenir fouvent trompeur
Berce toujours notre foibleffe,
J'aurais employé ma jeuneffe
A jouir de ce calme heureux,
Que méconnaît l'ambitieux,
Que le préfent offre fans ceffe
A l'homme fage & vertueux.
Du fort connaiffant l'inconftance,
Méprifant fes coups, fa faveur,
J'euffe apperçu cette nuit qui s'avance,
Nuit fâcheufe pour la grandeur,
Nuit heureufe pour l'indigence,
Nuit où finit notre dernier inftant,

Où, comme une vapeur légère,
Nos jours s'éclipfent de la terre
Pour fe perdre dans le néant.
Mais notre ame tranfcendante,
Soufle émané de l'Éternel,
Comme une colombe innocente,
S'envole en fon fein paternel.

Que mon regret eft donc réel
De n'avoir pu, dès mon enfance,
Paffer mes jours dans un hameau;
La folitude eft le berceau
Où le bonheur à pris naiffance.

Carminibus curo miferarum oblivia rerum.

LE Lecteur eſt prévenu que le produit de
ce petit ouvrage ſera verſé fidèlement dans le
ſein des indigens dont le nombre eſt conſidérable
aux Ardennes, ſur-tout dans les tems calamiteux
où nous nous trouvons. Les pauvres ne mangent
que du ſon avec du lait caillé *. Cet opuſcule n'a
point de prix fixe ; on le paiera ſelon les ſenti-
mens de charité dont on ſera animé. Il ſera
reçu franc de port, & ſi l'on juge à propos de
donner quelque choſe, quand ce ne ſeroit que
la valeur de l'impreſſion, on le fera paſſer à +
~~~~~~
~~~~~~
~~~~~~. Il inſcrira le nom des perſonnes & l'argent qu'elles auront délivré, lequel ſera diſtribué
avant la moiſſon, parce que la néceſſité juſqu'à
ce moment eſt plus urgente.

---

* Voyez le Journal de Bouillon première quinzaine
de Juillet 1789.

+ *Mr. Dufureaux chez Mgt. rue des*
foureurs au Duc d'Orleans
a Paris
~~~~~~

9 782014 099058